JN175387

花實叢書第一五四篇

歌集

初雁の歌

利根川　発

現代短歌社

目次

望月の冴え　平成二十三年

芋茎祭　平成二十四年

初雁の歌

望月の冴え

平成二十三年

かのとう

年賀状

峡小田の蘖(ひこばえ)の霜煌めけり春の光のおだしく射して

野の川の凜と澄みたり新しき光の中を魚影の
走る

年重ね七十五歳迎へたり一人し祝げり初光の
なか

うきうきとエジプトの旅思ひをりピラミッド
見むスフィンクス見む

能面も鴨居に古りぬ鬼の角欠けたるままに新しき年

時々は楽しきことも夢に見て七十五歳の年を過ぐさむ

ウィーンに遊びし杳き日を思ふこの年もまた外つ国訪はむ

監査の日迫るに会計合はざりき外の面の風の
音無為に聞く

ともかくも会計合はねば何事も手につかざり
き選歌もあるに

会計の合はぬ半日もてあまし木の葉掻きつつ
ふと思ひ当つ

木の葉掻く箒離して走り入り思ひ当たりし違
ひ確かむ

会計の合はぬ一ヶ所思ひ当つまさにこれなり
一日悩みき

自（おのづ）から笑みこぼれたり一日を探し会計の違
ひ見付けつ

小正月一人し寿（ほ）がんこの年も氷を割りて冬菜
を洗ふ

枝を張る欅冬木の間（ま）に見えて輝き増せる望月
の冴え

いつの間に取り残されしか体振り歌へる歌手
の名前も知らず

雑木林の間（あひだ）に見えて長瀞の冬の水面の青く澄みたり

楽器たたき大き仕種に歌へるは騒音とのみ我の認識

演歌知らず野球もゴルフも知らず過ぎ山野を愛でて歌を詠みにき

仏の座花咲き彩ふキャベツ畑最後の追肥やらんと出で来

春一番強く自転車押して行く横風も受け足踏ん張りて

全速力に逃ぐる飼猫追ふ野良の後叫（おら）びつつ我の走れり

水覆り

3・11大地震

目眩かと堪（こら）へてゐしが地震なり田の面の水の覆（くつがへ）りをり

目眩かと畑に踏んばり目を閉ぢて横に揺れゐる体を支ふ

両足を踏ん張り両腕にバランスとり地震に耐
ふる畑の畦に

振幅の一メートルはありぬべし高き棕櫚の木
左右に揺るる

大き地震ありたるものか次々に津波が家をの
みゆく映像

放射能汚染告げをり畑に採りしブロッコリーを念入れ洗ふ

地震時の体験幾度語りしか目眩と思ひ踏ん張りゐしと

映像に眼離せず見入りたり家傾きて津波呑みゆく

春野を帰る

災害にて会合中止にできし余暇十四歌集の編
集終はる

入稿終へ緩(ゆる)びし心にゆつたりと風なく温き春
野を帰る

階段にハの字と内股と足が見えやがて若きと
老人降り来

角ぐみて茗荷の新芽出で揃ふ積もれるままの
木の葉を分けて

休遊地増え続けゐる我が里か新芽青々春深み
ゆく

焼却炉誘致の是非の問はれをり寺山緑守らんものを

紋白蝶飛び始めたりやうやくに勢(きほ)ひ始まる甘藍の畑

足引きて腰曲げ廊下ゆく姿ガラスに写るせんすべもなし

雑草故疎まれてゐる蒲公英の全開の黄に羽た
たむ蝶

「捨」の一字見付け心のはやれるに凝視した
れど「姨捨」ならず
「姨捨」は研究テーマ

揺れてゐる踊り子草の一本に黄色き蝶の止ま
らんとせり

桑の木のほしいまま伸ぶる休耕地新しき芽は
黄に輝けり

編集に書き物に日を過ぐしゐて畑の土手草青
青とせり

草刈機に烏野豌豆からまれり止めては払ふ土
手の草刈り

草の堤

庭木々を透かせて雲も写りゐる水田(みづた)は光る揺きたるばかり

莢豌豆朝(あした)鋏を鳴らしつつ露ながら採る友にあげんと

柿若葉朝の光にかがよへり画眉鳥は下枝(しづえ)鳴き
つつ移る

長々と一息に鳴く画眉鳥に笑みこぼれたり歌
会の皆(みんな)

対岸の山も民家も写りゐて掻きたる水田の数
日の映え

向かつ家の全貌写し屋敷木も写し静もる朝の水田は

朝露のしとどに置ける草原を雄(を)の雉子歩む長き尾を見せ

一人居の我が家に住み呉るる人もがな震災に家を無くしたる人

黄の花も白もピンクも混ざり咲く草の堤に自
転車を止む

応接間の卓の先師の全歌集我が飼猫の爪とぎ
始む

風邪に臥しゐたる間（あひだ）に長（た）けたるかブロッコリ
ーの黄花咲き満つ

山つつじ

五月二十四日、二十五日　花實年次大会
於　伊香保「福一」

山つつじ占むる山頂窓に見え今年の大会会場近し

際立ちて赤きつつじの占めゐたり雨の中なる山登り来つ

にこやかに振舞へど咳止まらざり声はり上げし後の思はる

お茶をのみ飴なめ咳に対処せり年に一度の大会にして

体調を崩し臨める大会なり頭の働かぬままに終はれり

鳥影

土手を占め舗道にも伸ぶる葛の蔓車道に届くは数日の先

鳥影のカーテン透かし過(よぎ)りたり鳥占(とりうら)は如何なる占ひならむ

竹の子の歌読み思ひ立ちて来つ我が竹藪に竹の子未(まだ)し

出で水の穿(うが)てる水道(みづみち)畑の面に自在に走り水光りをり

山裾に白際立たせ咲く卯木(うつぎ)車の起こす風にまた揺る

飼猫輪禍

落ち椿一花浮かせる蹲踞（つくばひ）に猫水をのむ鳥も来てのむ

自転車に轢かれたる猫逃げ込める雨の林を呼びつつ探す

怪我せるか雨の林を探したり飼猫はいづこの
影に隠（こも）れる

一年余飼ひし猫なり自転車に轢かれ山中に命
保つか

山中の雨に打たれて終へゐむか輪禍にあひた
る飼猫探す

諦め得ず再度飼猫探しに出づいよよ激しき雨
の林へ

一昼夜行方案じてゐし猫は翌朝鳴きつつ足に
まとはる

目のあたり強く打たれてゐたるのみ涙出でを
り飼猫は無事

姨捨

姨捨の稿進めきて十余年文学散歩と軽く始めき

所せく句碑歌碑並ぶ長楽寺姨捨伝説秘められてゐて

歌枕姨捨の里訪ねたり重き伝説考へもせで

十三年稿進めきし姨捨なり調べ尽くせぬまま
に終へんか

姨捨山詠める一首に巡り合ひし歌集尊し記し
ておかん

クロアチア・スロベニアの旅

七月二十日から七月二十七日八日間同行六名
七月二十日（水）成田・ウィーン・グラーツへ

草籠（くさご）もりせせらぐ音の高くして未明の里を一人し行けり　嵐のあと

大雨の出水の音の高くして流るる水は飛び越えて行く

片寄りてあるは横断して流る大き出水を跳びながら行く

砂を寄せ木の葉を寄せて一夜さを降り続きたる大き出水は

増水し濁れる川の幅広く草をも葦をも押し倒しゆく

満面に川幅広く流れゆく大雨のあとの濁る増水

盛り上がり滾ち流るる増水の橋を渡れり足下渦巻く

成田なる南ウイングKの下六人集ひウィーンを指す

表示板のＯＳ０５２便確めて３６番ゲートを
探す

台風の不穏なる雲突き抜けて青豊かなる宇宙
を飛べり

台風の余波も感じぬ機の外はただ青き海ただ
青き空

濃く薄く白きは波の頭（かしら）らし台風余波なる海荒
れてゐむ

嵩厚き白雲の上飛び行けりウィーンはまだ六
時間先

大きなる蛇行は川か大陸は苛酷にあらむ家ら
しき見ず

綿雲の影か林か大陸の上空を飛ぶ機窓より見え

綿雲の間に間に見えて森青しウラル山脈いま越えてゐむ

雲海の彼方は薄く茜してその先はまた空に紛るる

動くともなく進みゆく我の機よ長く茜の綿雲
を見す

尾翼の反射やや位置を変へ窓に付く氷の結晶
溶け始めたり

綿雲の薄き茜の広ごれり再び機窓に目を馳す
る時

機窓に付く氷の結晶はつかづつ形変へゆく夕影に照り

綿雲の凹凸濃淡顕著にて不穏なる空機下（きした）に広し

乗り継ぎのウィーン空港に降り立てり見覚えのある所を探す

乗り継ぎて遠く来たれるザグレブの夜の高速
の明かり乏しく

七月二十二日（木）ザグレブ市内観光

ザグレブのホテルに目覚む道隔てアパートら
しも落書あまた

手の届く範囲に落書数多ありザグレブの町も
例外ならず

路面電車の二両過ぎたるあとへまた線路に下
りて鳩の遊べり

石畳の隙間も埋めてアカシアの花散り敷けり
ザグレブの坂

騎馬像は無視されてゐてイェラチッチ広場に
人らただ群るるのみ

ザグレブの町の紋章花に造る花壇をも見て聖
堂に入る

赤屋根に二つの紋章あしらへる聖マルコ教会
外のみ拝す

聖堂のなかに横たふ蠟人形司祭の受難の物語
聞く

尖塔の高きを二つ掲げ建つ聖母被昇天聖堂見上ぐ

石の門に祈り捧ぐる人のをり蠟燭の火のほの暗きなか

ザグレブの市外と村と二分(ふたわ)けしサヴァ川の水光りて流る

ザグレブは坂多き町家の間をケーブルカーの
緩く上りく

プリトヴィツェ湖

橅の樹の葉隠れに見ゆる湖の紺碧なせりその
上にまた

橅と樅(もみ)の樹林深深続くなか青き湖群の木の間
に透ける

木木の間に青き湖面の見え隠れプリトヴィツ
　ェ湖水音高し

谷川の塞き止められては湖の幾つも連ぬそれ
　ぞれに碧

青き湖を幾つ連ぬる世界遺産の木道を行く右
　岸左岸を

右岸左岸じぐざぐに行き湖の青きに鱒も鯉も
群れなす

湖の底ひに白く澱めるは多孔質なる石灰岩と
ぞ

石灰岩に塞き止められては高低差つきたる湖
滝なし落つる

木道の下も滾ちて滝なせりプリトヴィツェ湖
紺碧をなす

石灰岩を落ちくる滝の幾筋を見上げ湖岸に夏
の涼とる

谷川の塞き止められたる湖はトラバーチンの
形成なると

帰国して辞書に当たらんトラバーチンの形成
といふ滝あまた見つ

流木に草に付着しできたらし炭酸カルシウム
湖底に白し

石灰岩の沈澱したる白き湖底影を落として鯉
の泳げり

七月二十二日（金）トロギールからドゥブロヴニク

夜べの雨上がり潤ふ森の中のホテルに目覚む
鳥の声ごゑ

白き岩そここにありカルストの台地は続く
綿羊もゐて

深谷に湧きたる霧か山肌を這ひて昇れりカル
スト台地を

起き伏しの緩くカルスト台地続きクロアチア
を南へ下る

大木にならぬ土壌かカルストの台地続けり岩
白く見え

オリーブの畑あり葡萄の畑もあり民家も見え
てクロアチアの夏

山頂に風力発電数多並む原子力には頼らぬ国か

岩原の荒涼と続くクロアチアアドリア海の見えはじめたり

空の青に紛れぬ青きアドリア海観光船から手を振るが見ゆ

溶岩台地傾（なだ）るる裾に赤屋根の民家ひしめき教
会もあり

草も木も生えぬ岩山続きたりアドリア海の海
風涼し

アドリア海の青にも濃淡少しあり日に煌めき
て波静かなり

一様に紺碧の海広ごれり水際に小さき船波に揺る

切り立てる白き岩山左にしアドリア海の青右にせり

青海に白きヨットの二つ見えアドリア海の入海は凪ぐ

聖ロブロ大聖堂

大聖堂といふといへども質素にて天井に聖人
身を乗り出だす

大聖堂の壁面は剝がれ落ちたるままはつかに
入る日に目を凝らす

七月二十三日（土）ドゥブロヴニクからボスニア・ヘルツェゴビナ・スプリットへ

雷の大きく二つ鳴れるあと驟雨きたれりドゥ
ブロヴニクに

風強くロープウェイは止まれるまま引き返したる直後に驟雨

ドゥブロヴニク見学終へて帰るさに大き雷二つ鳴りたり

アドリア海の水面をこめて灰色の平板なせり驟雨降り継ぐ

にはか雨上がりて白きアドリア海対岸の島ほのかに霞む

昨日の青きアドリア灰色なし島影薄く遠近にあり

起き伏しの大き小さき島あまた心に捉ふアドリアの海

対岸の島もカルスト台地にて木の間に白き岩
肌を見す

如何にして驟雨避けけむ白く凪ぐ海面につり
船幾艘か浮く

重なれる島の向かうに船一つありて漁る驟雨
のあとを

一つ島見えて後ろにまた一つ島影見えてその
先にまた

ネレトヴァ川の水引き入れて肥沃なる土地に
野菜の収穫多しと

七月二十四日（日）スプリットからシベニク・オパティアへ

石灰岩穿ち道なし橋を架けクロアチアの南北
通す

右下の青きは海か湖か石灰岩の山に囲まる

驟雨きてフロントガラス強く打つ我が乗るバスは黒雲の下

稲妻の走りて間なく轟ける雷鳴は雨を伴ひてきつ

雨の中走れる人はみながらに肩をすくめて頭（づ）に手を翳す

容赦なき雨にワイパー掃ききれずそれでも下るいろはなす坂

黒雲の下を我がバス突き進む俄かの雨の坂なる道を

七月二十五日（月）ポストイナ鍾乳洞からブレッド湖

鍾乳石のいろいろの形目に飽かずトロッコに
乗り洞(ほら)深く入る

近々と鍾乳石の迫りきて首屈めてはトロッコ
に行く

十センチほどにやあらむ類人魚肌色なせり目
は退化すと

目のありたる辺りも分かずのつぺりと鍾乳洞に棲む類人魚

数匹が水槽にゐて人だかる鍾乳洞の目のなき魚

鍾乳洞に棲みゐて目（まなこ）退化せり肌色をしてゐもりめきたり

茶色なし目の退化せる類人魚ゐもりめきたり闇に生きつぐ

ポストイナの鍾乳洞に深く入り天工の業(わざ)に驚嘆つきず

二時間余鍾乳石を堪能す円筒もあり円錐もある

つららなす鍾乳石の尖り垂る先端に小さき水滴をため

スパゲッティめきたるもあり真白き鍾乳石あり深き洞内（ほらぬち）

人一人潜れる狭き鍾乳石抜けて開くる広きステージ

鍾乳洞を流るる水の音高し大き段差に近付けるらし

驚嘆の眼見開きいろいろの鍾乳石群見つつし行けり

大異変ありて崩るることもやと鍾乳洞深く過れる恐怖

ブレッド湖

その昔大統領の別荘とふブレッド湖畔にものさぶホテル

チトー大統領

深々と青豊かなる湖に漕ぎ出でて島の教会目指す

手漕ぎ舟に乗りて湖渡りゆく紺碧の水湛へたる湖（うみ）

手漕ぎボートにブレッドの湖（うみ）に漕ぎ出だす青
深々と水湛へたり

空の色映し青澄む湖を手漕ぎボートに行く教
会へ

みづうみの一つ島なる教会に被昇天の聖母祭
ると

ブレッド湖の中なる小島に教会の塔高く建つ
白く輝き

対岸の断崖の上に古城寂ぶ青き湖をボートに
渡る

初冠雪ありて輝く遠山を背後（そがひ）に岩の古城は建
てり

背後なる冠雪の山輝きてブレッド古城頂に建つ

睡蓮の片辺に鴨の親子寄りブレッド湖の水いよいよ青し

九十九段声に数へて上りたり湖渡る風に押されて

鐘鳴らし希望叶ふと言ふ謂れ重たき綱を懸命に引く

ブレッド古城

跳ね橋の鎖錆びたり山の上の古城に憩ふ遠山は雪

背後には冠雪の山高くして古城ものの古る断崖の上

アルプスの南端とふ高き山スロベニアなる古城の背後(そがひ)

ひんやりと空気しまれり遠山のユリアンアルプス初の冠雪

七月二十六日（火）ホテルより空港へ　七月二十七日（水）帰国

クロアチアの旅の終はりの空港に降り始めたる雨を見てをり

炎天下

風少しありて働き良き作業夏日の照れる胡麻畑除草

畝(うね)の間の草引きやりて夕風にそよげる胡麻の喜ぶ如し

炎天を見上げて萎ゆる我を我が奮(ふる)ひ立たせて
草引きに出づ

いさぎよく照りつくる畑罅(ひび)割(わ)れて胡麻の下葉
の萎え始めたり

日本一の暑さと報ずる鳩山町その炎天下草ぬ
きてゐき

早朝にモーター音を響かせて土手草を刈る伸びすぐる草

刈りあとを見返りながら爽やかに朝草を刈る刈り機自在に

白き紋際立たせたる揚羽蝶昨日の花に今日も来てゐる

眉形の月

重々と撓へる柿の日に映えて鳥見付くる前の豊かさ

韮の花畑縁取りて咲き出でぬふれつつ紫の蜆蝶飛ぶ

眉形の月に輝く星添へり午前二時半冬空の冴え

焼却炉予定地の山紅葉初む我が朝夕を親しめる山

焼却炉の是非をめぐりて二分せる人心か穏しき山里なるに

庭木

十月会題詠　庭（漢字）やく（音）を詠み込む

約二時間草取り草刈り庭仕事膝の限界思(も)ひ立ち上がる

五ヶ国語に訳せる歌集縁にあり庭渡りくる風に捲(め)くらる

神作光一歌集

庭にある紫蘇を薬味に二枚つむ一人の夕餉のうどんに添へん

六十年歌壇の役割終へたるか夕庭に終刊のことなど思ふ　短歌新聞社

庭の塵畑に焼きつつ昇りゆく煙守れり少し風ある

芍薬のまだ緑なる葉も刈りて庭の掃除のやや
にはかどる

庭木々に来て鳴く画眉鳥の澄める声友の来ま
さん約束の刻

水引草の穂先にも触れ朝庭をもとほれり役割
分担を思（も）ひ

南蛮煙管

際やかに緑の冴えて小さめの山繭一つ枯葉に付ける

櫟（くぬぎ）葉の中に輝き山繭の緑さやけし坂の上り道

南蛮煙管あまたも首を垂れて咲く庭の掃除の
今日の収穫

枯れ茎を片(かた)す茗荷の根の本に南蛮煙管の咲き
て彩へり

帰り路の地蔵のあたりに成りし歌思ひ出され
ぬまま寝ねんとす

白き山茶花　十月二十八日誕生日

朝庭に白山茶花の咲き初むる七十六歳生日の
今朝

膝痛し肩も痛しと起き出づる七十六歳むかへ
たる朝

母の命日我の生日の神無月金木犀も咲きて散りたり

独り居の我を案ぜしままに逝きし母の思ひを今にし解る

祝はれて蠟燭の火を吹き消せり七十六歳まだ力ある

室の八島　十一月越生町立図書館文学散歩引率

木の葉打つ雨音はげしき防人（さきもり）の道をし行けり人らを率てて

雨傘を打つ雨音の強かりき林の中の防人の道

人々を率て行く雨の平地林万葉の歌碑大きく建てり

万葉の歌碑を訪（と）め来し平地林防人街道と名付くるを行く

滑りやすき林の道を雨にぬれ紫式部の墓を見に行く

秋雨の降りしきる中人ら率て下野国分尼寺趾を訪ふ

国分尼寺の趾なる芝生に円柱の礎石並みたり雨をやどして

薄墨の桜と言へど落葉せる大き一樹を見て戻りたり

雨にけむる室（むろ）の八島を訪ねたり芭蕉の句碑の
高々と建つ

雨にぬるる石橋渡る注意もし室の八島を率て
見巡れり

歌枕の室の八島に秋を来つ杉の高秀は霧雨の
なか

芭蕉句碑定家の歌碑も説明し室の八島の見学を終ふ

初雁　十一月二日鳩山図書館『伊勢物語』文学散歩引率

桜の枝伐り下ろされて初雁の歌碑の上空青空すかす

桜の枝長長のぶる下にして初雁の歌二つきざまる

満天星の角(かく)に刈られてその先に贈答の歌二首並び建つ

雑木林と言へども松の多(さは)にして武蔵野の寺紅葉の前　平林寺

野火見張る塚にありけむ木々の間に見えゐて
丸き野火止めの塚

野火止めの用水に水少し流れ寺の林を貫きて
ゆく

膝の痛み耐へて先導して行けり業平（なりひら）塚指し林
の奥へ

島原の乱の供養碑の説明は少しだけして業平
塚指す

業平の丸き塚あり草刈られ片方に伊勢の説明
板建つ

物語秘めてゐたりき草刈られ円型の塚おろそ
かならず

豹文蝶

紋白も豹文蝶も寄りてゆく紫淡き紫蘇の残花に

足引きて静々歩む我が姿生活設計想定の外（そと）

鈴なると夢にまで見て畑に植ゑし夏の蜜柑を
藁に被へり

滞る畑も庭も部屋内（へやぬち）もまた持ち越して年ゆか
んとす

愚知多き歌は詠むまじ来む年は明るく澄みて
瑞々しかれ

芋茎祭　　　　平成二十四年

みづのえたつ　年賀状

みあかしのほのかに灯り早朝の社の森の深き静もり

芋茎(ずいき)祭(まつり)今も伝ふる十月四日今年は京に遊ばんと思ふ

京都の北野天満宮で十月四日に行ふ祭礼

野火揺れて畑の畔を細々と進むに付き行く春風のなか

縁側に賀状三百読み終へて良き年にせん思ひのしるし

畳なはる岩山の上クロアチアの空碧かりき遠く立ちくる

月月の歌誌の編集発送に心を配りてゆかん今年も

槻落葉高く巻き上げまたきては旋風(つむじ)移れり新しき年

木を伐れるモーターの音高響きやがて大きく
倒るる音す

春の魚狙ひゐたらむ浅き瀬を輝きながら鳥は
飛び立つ

ゆつたりと青鷺一羽空に舞ひためらひながら
刈り田に降りつ

枯れ草に光れる霜の輝きを見つつ早朝自転車
に行く

分譲中の幟はためき白菜の枯れて続ける睦月
の畑

掛け声をかけ起き上がる今朝の冷え今日の予
定を復誦もして

母校優勝

駅伝を見つつ切干し切りてをり母校優勝かたく信じて

ふた筵切干し大根切りあげぬ駅伝優勝ま近となれり

力こめ二日見続けし駅伝の母校優勝あと二分のち

独走の態勢に入りなほ励み箱根駅伝母校優勝す

襷渡し倒れ込みたる駅伝選手タオル掛けられ運ばれてゆく

イーストマン・コダック

断れる年と思ふに七十路の半ばとなりて発行
所受く

集合の畑と言はんか向き向きのマルチングは
北の風にあふらる

早々とイーストマン・コダック持ちませる先
師思へり破綻のニュース

平野師の歌に知り得しイーストマン・コダッ
ク社経営破綻せるとふ

枯れ葦を動かしゐるは雀らか春立てる陽に聡
くなりたり

鮠の群れ流れを遡上してゆけり春日煌めく浅
瀬を早く

不注意を三度も重ぬこの年は老いを認識せざ
るを得ざり

夕庭を自在に走り木に上り飼猫は高き枝に振
り向く

休み田の葦群なべて押し拉(ひし)ぎ春の重雪まだまだ積る

老いたりと思(も)はねど席を譲らるる傍目(はため)にいたき老い人ならむ

均したる土にくねりて足跡あり夜を獣の横切(よぎ)りたりけむ

一円の狂ひもなくて監査終へ一年の労自ら祝ふ

独居老人集め食事を振る舞ひてビンゴ遊びもして下さりき

太陽の有処は白しとの曇る朝の庭に春鳥のこゑ

白鷺に追はれ飼猫全速力に田の畦道を走りきりたり

白鷺に追はれたる猫逃げきりて橋の下にてあたり窺ふ

飼猫が田の畦道を走り逃げ白鷺空よりゆつたりと追ふ

白鷺はゆつたり旋回してゆけり追ひたる猫を
見失ひけむ

野にありておもしろき素材つかみたり今日は
猫追ふ白鷺を見き

舗装路に冬枝の影のしるくして踏みゆく先を
鼬（いたち）かよぎる

大鋸屑（おがくづ）

現代短歌新聞第一号五首

青く光り黄に光り赤に光りつつ椿の雪の溶け始めたり

梅ヶ枝を剪らんと鋸下ろしたり吸ひ付く如く切れ味よろし

蜂の巣を二つみつけぬ夏の間にその下草を刈りし梅林

目を瞑り梅の大鋸屑あびながら高枝を剪る北風のなか

大鋸屑に梅の木の香のしるくして浴びながら剪る高枝引きとめ

篠笹　十月会

梅ヶ枝に蟋蟀乾き刺さりをり百舌の速贄（はやにへ）ここ
にもひとつ

もがきけむ姿のままに梅ヶ枝にささる蟋蟀の
むくろは乾く

幾重なる蓑に籠りて蓑虫の梅ヶ枝に付く寒き夕風

渾身の力をこめて葛の蔓のからむを引けり柿の高枝の

尻餅をつきたるままに満身に力を込めて葛の蔓引く

電柱の支線にからみ上る蔓とどく範囲を切り落としたり

すでに摘まずなりし茶の株篠笹の生ふるを切れり夕暮るるまで

手におへぬ程にはならぬ篠笹を一日切り継ぐ茶の株の中

淡き雪

ガラス戸の内に見てをり睦月半ば寒を深めて
淡き雪降る

夜の間に降りたる雪は薄らかに枯原彩ふ朝戸
開くるに

弓立山と大観山の間に見えて笠山は今朝初の
冠雪

下したる欅の太枝もこなしたり粗朶（そだ）二十余を
束ね終はれり

欅の枝束ねては積み冬の日のくるるに早し風
さへ立ちて

畑仕事したる半日親指に爪(つま)皹(あかぎれ)の赤々と切る

暖かき一日ありて梅林に出でたる蕗の薹を目
に追ふ

梅ヶ香を聞きつつ憩ふ畑の畔蓬甘草(かんぞう)犬ふぐり
萌ゆ

三つ切り四つ切り

馬鈴薯の芽を確かめて三つに切り四つに切り
して春土に植う

北あかり黄色しるけし馬鈴薯を植うと三つ切
り四つ切りにせり

あと三さくうなひて馬鈴薯植ゑなむか春草すでに強く根を張る

草を引き馬鈴薯植ゑて荒れ初むる手をつくづくと電車に見をり

馬鈴薯を植ゑゐる畑に梅ヶ香をのせては風のやや強くくる

馬鈴薯に撒きたる灰を巻き上げて春の迅風の
畑吹き抜く

梅ヶ香をしばらく聞きて休みをり馬鈴薯植ゑ
の残り一さく

雪被く遠山並を吹き下ろす風にも少し春の気
配す

鴨狩

四月五日　埼玉県歌人会文学散歩　越谷

花は散り萼（うてな）の朱き梅の園春の光の中をもとほる

鴨狩のお堀あるとふ春の苑の深き茂りの中すかし見つ

二股に大きく別れ整枝せる支那沢胡桃芽吹き初めたり

羽衣とふ豊かに咲ける椿あり木深き社の庭を訪ふ

藤棚の藤房いまだ咲かざりき平田篤胤訪ひけむ形見

石巻

四月二十一日・二十二日　往路石巻・神作光一歌碑除幕式

石巻に近付ききたり映像の津波たちきて心ふたがる　往路石巻

正視には耐へざる景ぞ土台のみの更地に光るガラスの破片

復興にはまだまだ遠し石巻の海へ一本道通るのみ

牛肉の焼き具合褒め味を褒め石巻仮設の店を出でたり

思ひつつ来し石巻想像を絶する災害近々迫る

ガラス陶器の破片散乱する更地静々進み松毬拾ふ

自動車は積み上げられて光りをりそれぞれ悲劇こもらするまま

以上七首「歌壇」八月号

石巻の仮設の店に食事とる津波を多く語らぬ主

寡黙なる主の作る牛どんの味よし柔かし仮設の店舗

海沿ひに瓦礫の山の片されて更地となれる石巻漁村

廃材は山なし高き砦めく石巻の岸に沿ひつつ

海岸線の道辺に沿ひて集められ瓦礫の山に早
春の風

もろもろの悲劇ねむらせ静もれる被災地の砂
にガラスは光る

報道に毎日見たる現場なり正眼（まさめ）にしたり津波
のあとを

墓石を集めたらんか一角の傾りを占めて薄日に黒し

ここに命落しし人のあるならん生花は枯れて色を止むる

ゆつくりと津波の跡を歩み来る人の表情沈痛にして

窓ガラスすべて津波の攫ひけむ三階校舎に寒き春風

小学校の校舎の窓はすべてぬけ津波の跡を真日にさらせる

逃ぐるべく高き建物一つなし津波襲へる漁村荒涼

新築の家にてあらむことごとく窓ぬけ津波の
惨を止(とど)むる

基礎のみは残りて家の跡とどめ新しき花供へ
てありき

営みのあとを止めぬ石巻の更地にガラスの破
片は光る

枯れ枯れてやがてその枝も落ちゆかん津波か
むりてなほ立てる松

枯れはててまだ枝保つ松二本津波の高さ物語
り立つ

震災の津波かぶれる松二本枯れたるままに松
毬落とす

松笠を数個拾ひてしよんぼりと戻れり津波のあとを訪（おとな）ひ

大津波かむり落ちけむ松毬を数個拾へり訪ひし形見に

石巻に津波荒れけむ家攫ひ累累と積む瓦礫なる山

石巻の海は穏しく波打てり容易く命奪ひたる
海

石巻の凪ぎて光れる春の海荒れ狂ひたる海に
てありき

自動車は積み上げられておびただし石巻の海
凪ぎて日に照る

道に添ひ廃車は山と積まれゐて穏しき海の潮騒の音

防波堤越えて津波の寄せたると早春の昼風寒かりき

累累と瓦礫は山と積まれをり波静かなる漁港のま昼

波荒く海狂ひけむ石巻の港は昼も暗みたるとふ

海底に起きたる異変に翻弄され民の幾万のまれたる海

時忘れ被災の港に立ちつくす海は穏しく凪ぎゐるものを

幾人の命を家屋を攫ひたる海ぞ早春の寒風渡る

津波の禍語り継ぐべし石巻訪ひていや増す思ひ縷々(るる)たり

黙禱をしばらく捧げ目に焼き付け石巻なる被災地後にす

束稲山　四月二十二日神作光一先生歌碑除幕式

両側に水仙の花盛りゐて束稲山(たばしねやま)へ我等を誘ふ

束稲の山へ導く水仙の中にまざりて蕗の薹闌(た)く

遊水地青々と見え北上川の大き曲りを俯瞰して佇つ

一万の桜植ゑたる束稲山栄枯盛衰治め静もる

吉野山を凌ぐ桜と西行の愛でたるといふ束稲桜

西行が感嘆したる束稲の桜いまだし寒き風くる

寒風のなかすすみ行く除幕式鶯の声時に聞こえて

桜花咲かぬを詫びて祝辞に言ふ束稲山の歌碑の除幕に

中尊寺の座主の読経の声も消し吹き上げてくる寒き束稲

白き幕とり払はれてあらはれたり束稲山の神作歌碑は

テント煽(あふ)る風音時に高鳴りて束稲山に歌碑除幕さる

青の洞窟　十月会「ひる」「波」を詠み込む

波荒き地中海を行きし思ふ昼を暗めて雨しぶき降る

波打際に昼を憩へり地中海渡れる風を心にも受け

紺碧に輝く波の静かなり岬の鼻の洞窟の昼

岩壁に静かに寄する波を手に掬ひては行く昼の洞窟

石柱のみ建つ丘の上遠見やる波静かなる真昼間の海

南イタリア・シチリア島・マルタ島の旅

平成二十四年七月二十日（金）から七月二十九日（日）八泊十日
同行六名　十九日前泊

七月二十日（金）成田発

見送りの友も交へてそれぞれに第一ターミナルGに集ひ来

スーツケースの重量は十四キロ余り先づ我が手より荷物の離る

パスポート搭乗券を確認し広き空港の人込み
を行く

膝の痛み癒えて今年も外つ国の旅に出で来て
ローマ目指す

AZ9時30分ローマ行き確かに我が乗る機の
表示あり

ローマ行き飛行機の座席定まれり空席三つ独り占めせり

持参せるセーター羽織りまだ寒し機中の冷えは足より伝ふ

十二時間余り乗り継ぎ到着せるバーリの夜の町並みを行く

七月二十一日（土）バーリからアンドリア

煌めきて町の灯点る早朝を始動始むる車一台

クレーンの高々と延び朝の日に照りてバーリにビル建ちてゆく

新しき都市の建設進みをりバーリの未来都市を顕たせて

石灰岩の石畳の道続きゐてこの下にローマ遺
跡眠ると

石畳の路地にパスタを作る婦人二人向き合ひ
手先の早し

向き合ひてパスタを作り乾して売る婦人らの
をりバーリの路地に

バラ窓の回りを囲み彫られたる怪物は本物めける迫力

カテドラーレ

バラ窓の上に動物守りをりカテドラーレの教会の中

松の木の並みたる向かうサン・ニコラ聖堂の塔の二つの威容

石灰岩の石組の城高く建つフリードリヒの夢
叶へるか

サンタクロースを祀ると聞きて親しめりサ
ン・マルコ聖堂見上ぐ

ローマ遺跡の石道を見せ轍見する街の一角柵
覗き込む

城巡り出でたる海の風涼しアドリア海の凪ぎて青濃し

大き蘇鉄並べる中に円柱のモニュメントありアドリアの風

山の上に一つ聳ゆる城見えて目指すカステル・デル・モンテ城

モンテ城の輪郭大きく現れて遮るものなし松蟬のこゑ

四十度は有らんと思ひ歩を運ぶ小高きをかに松蟬しぐれ

身を寄する影なく進む丘の道カステル・デル・モンテ目の前に建つ

八角の角毎に八角の塔配し八角形のモンテ城
建つ

塔の上に上らず段(きだ)に腰下ろし暑さに萎えし肢
体労はる

中庭の正八角形の中心部斜形をなして雨水を
たむる

円筒に尖（とん）がり帽子の屋根を載せ世界遺産の街並み続く　アルベロベッロ

白壁の夕日に映えて光る町円錐形の屋根の並むまち

尖（とん）がり帽子の屋根の一つの店に寄り笛なる梟の置物を選る

円錐なす屋根の住居に案内(あない)され苦きコーヒー
主振舞ふ

両側に鬻ぐ店並上りつめサンタントニオ教会
に入る

トゥルッリの屋根並む町のアルベロベッロ小
人の数多(あまた)出づる幻

トゥルッリの生活の様見せくるる夏も涼しき
石壁の家

トゥルッリの屋根の住居の密集し風変はりな
る世界の遺産

標高は四十五メートルとぞアルベロベッロに
並むトゥルッリ

七月二十二日（日）マルティーナからメッシーナ・シチリア島・タオルミーナへ

窓外にイオニア海の広ごれりただただ凪ぎて
紺碧なして

川らしき流れの跡のかすか残り広ごる台地は
オリーブ畑

一日を移動時間に費やせりアペニン山脈左に
見つつ

三百余キロ南イタリア南下せり窓外の景いろいろ変はり

海岸を少女が二人吹かれゆくシチリアの海の濃き青き色

七月二十三日（月）タオルミーナからチェファルー・パレルモへ

雷の大きく鳴りて目覚めたりシチリア島を黒雲包む

屋上の旗ははためき雨強し稲妻走る朝のシチリア

ホテル包む蔦の葉窓辺に揺れやまず雷鳴も亦轟きやまず

乾し物を干したるままに雨に濡れ蔦の覆へるベランダにあり

エトナ山の頂は雲に隠れゐて広き裾野に赤屋根の家

映像に見てあくがれしエトナ山シチリアの雲の隠さふべしや

映像に見てきしエトナの活火山頂を雲の隠したるまま

遺跡なるギリシャ劇場の壁の間にエトナの山は雲を頂く

音楽堂の遺跡は狭し囲みたる煉瓦の壁に反響しけん

音楽堂の狭き遺跡を訪(おとな)へりかすかの土に生保つ花

石組の間に生えて垂れ下がりケッパー幾株青き実を付く

歌一首書き付けぬままトンネルに入りては出づる海に沿ふ道

その昔聞きし歴史の甦りシチリア島に海を見下ろす

古代史の気も遠くなる説明に我が知ることも幾つかまざる

七月二十四日（火）パレルモからアグリジェント

厳かに厳かにして教会の天井の柄モザイクなせり

パラティーナ礼拝堂

起き伏しの大きく緩き丘の上風力発電の風車林立す

牧草を刈り取れる跡広岡に雲の影濃く動くともなし

石灰岩の露出せる山草生(あ)れずただに広らに丘続きたり

牧草を刈り取れるあと広らにて人家あれども人影を見ず

焼畑の農法とれるあとらしも広岡黒し草焼けるあと

七月二十五日（水）アグリジェントからシラクーサ・カターニャ　マルタ島へ

建築の歴史示せるユーロ紙幣しみじみと見る旅のつれづれ

ユーロ紙幣に描かれてゐるアーチの絵様式順に時代の旧ると

神殿の丘を伏流なして湧きアレトゥーザの泉
パピルス育つ

海岸に泉のありて鯉泳ぎ草丈高くパピルス茂
る

パピルスの茂る泉に湧く水の清らかにして鯉
泳ぎをり

パピルスの茎より紙を漉（す）くといふひさぐ店あり栞あがなふ

その茎を漉きて古代のエジプトにて紙成るといふパピルス茂る

頂の巨岩の間より落つる滝清く冷たく心もいやす

考古学地区

汗あえてひたすら登る石道に遠く聞こえて滝落つる音

焼石の道登りきて夏枯れの頂に着く滝音はして

丘の上に滝なし落つる泉あり澄みて冷たき神殿の水

その上(かみ)に石切り如何に運びけむ丘の神殿崩落
　のまま

数多なる人の犠牲のありたらむ谷に石切り丘
　に運ぶと

如何なる術駆使して丘に運びけむ石を切りた
　る谷深くして

石切り場の石を切り出し造られたるギリシャ
劇場石焼けつくす

石切り場の谷の緑の繁り合ひひんやりとせり
王の耳とふ

石切れる跡の洞(ほこら)の涼しくて友らの声の大き反
響

ディオニシオスの耳と言はれて石切れるあと
の洞の音響しるし

考古学地区とぞ神殿の柱並み崩落のまま石散
乱す

散乱せる花崗岩なる神殿の岩にも止まる蜂か
一匹

七月二十六日（木）マルタ島・ゴゾ島

刺青の婦人が前をゆつたり行くマルタは軽く刺青せると

ゴゾ島

紀元前何千年に造られたる巨石神殿の前に撮らるる

祭壇はそのままにあり巨石組むジュガンティーヤ神殿を訪ふ

大き石縦横に組み神殿を造れる知恵の並々ならず

黒曜石組み込まれゐて高丘に巨石神殿静まりいます

ゴゾの丘登り詰めたり巨石なる神殿の前に心を正す

神殿の柱のみ並む丘の上マルタの真日に晒されて行く

神殿は崩れたるまま柱並(な)む昔の栄華少し留めて

崩落の石そのままに散乱し神殿の跡夏の日強し

古の神の宿れる心地して丘の上なる石柱見上ぐ

ライトアップに浮き立ち神殿の柱並むマルタの丘の夜空に映えて

ライトアップに神殿の柱浮き立てり星も輝くマルタの丘に

ライトアップされて浮き立つ聖堂の塔二つあり暑は収まりて

聖堂は夜空に浮きて荘厳たり広場に人ら群がりはじむ

収まれる暑を言ひ合へりマルタ島の薄暮の海に煌めく波濤

遠花火時折上がりライトアップされたる聖堂いよよ荘厳　ヴィクトリア大聖堂

七月二十七日（金）マルタ島・ヴァレッタ・マルタ

竜舌蘭の花抜き出でて咲くもあり枯るるもありて荒磯青澄む　マルタ島・青の洞窟

潮風に直ぐ立ち枯るる竜舌蘭結実をして一代終はると

高々と花を咲かせて終ふるとふ竜舌蘭は岩壁に群る

竜舌蘭高々伸びて花咲けり地中海なる潮風を受け

花終へたる竜舌蘭は高々と立ちて荒磯にゴゾの風受く

岩の間に深き青色たたへたる青の洞窟見下ろしてをり

舟に乗りこれから訪はむ洞門のあたりの穏しき波確認す

青の洞窟

救命着赤きを着けて乗り出づるマルタの海の波の穏しさ

空青く海なほ青く地中海へ小舟に漕ぎ出づ断
崖に沿ひ

怖々とボートに乗りて青海に漕ぎ出だしたり
マルタの海へ

海の光屈折をして澄み透る青の変化をボート
にて見つ

地中海の青に乗り出でボートに行く青の洞窟
の中に入らん

ボートよりボートに移る波の上穏やかなれど
心張り詰む

地中海の青澄む海へ漕ぎ出でたり洞窟の中い
よいよ青し

飽かなくに洞窟の青後にせり照りつくるマルタの日差しの中を

青深き海に漕ぎ出で洞窟の中にも入りてマルタに遊ぶ

天工のなせる奇岩の崖にゐて海燕数羽離れては飛ぶ

岩燕自在に飛ぶも視野に入れ海に突き出す奇
岩に見とる

騎士館の廊下に並ぶ騎士の像背丈はあまり大
きくあらず

騎士団長の館ヴァレッタ

鉄の鎧付けたる小柄なるナイト像部屋の壁面
占めて並べり

教会の床に埋め込む墓の模様細かきモザイク踏みながら行く

聖ヨハネ大聖堂

モザイクの施されたる聖堂にマルタの暑さ避けんと入れり

モザイクを施して並む墓碑のあり聖堂の床ゆつくり歩む

マルタ島の真夏の真日の照るなかを巨石くみたるタルシーン訪ふ

咲く花の幾つかありてギリシャ遺跡石の棺を出でて入る蜂

ギリシャなる住居の跡か花崗岩を組みて造れる館を訪ぬ

祭り旗街路を飾り人群れて夜には祭りの花火も見たり

近々と花火は上がり飽かず見る旅の終りのマルタの夜を

楽隊の音楽もあり花火ありホテルの窓にしばらく守る

花火の音響きあひつつ華やぎてマルタは今宵
祭りのさなか

七月二十八日（土）帰路空港へ　七月二十九日成田着

水平線に昇る真紅の太陽を心にとめてホテル
あとにす

マルタ十字高く掲げて飛機はありマルタの旅
の終はる空港

ローマ指す飛機にて湧ける歌の数一人の世界
に入りて書き継ぐ

来年の外つ国の旅ほぼ決まりマルタ飛び立つ
風の涼しき

十日間の旅の終りの空港に心震へてマルタを
思ふ

集落と畑と耕地と区切らるるマルタの島と別れんとせり

機の外はただに真白し離陸せるマルタの島はすでに見えざり

日本を指してローマ飛び立てりうそ寒く雨へ混じる空港　ローマ乗換へ

十日間の旅は終へたりローマ発ちあとは東京
目指すのみなり

旅終へて空しかりにき見てきたる神殿聖堂遺
跡錯綜す

終はりたる旅を思ひて日本指す飛機にてむな
し友らも黙す

柿の紅葉　うた新聞十二月号五首

朝の日に輝く柿の紅葉を愛でつつ卓に一ついただく

また一つ滅びゆく種か川の面にめだかの姿見ずて久しき

我が影の伸びては縮みまた伸びて外灯の下夜風の寒し

腰痛に関はり語る老い二人に聞き耳を立つ我も腰痛み

用途なく茂れるままの桑の畑秋の終りを黄葉の照り

仔猫　現代短歌新聞一月号五首

親猫を先頭に仔猫三匹が冬枯れの畦を帰宅するらし

蘩蔞（はこべら）も犬のふぐりも抜きながら畑の秋耕一日はかどる

月夜見(つくよみ)の冴え返りつつ雑木木の向かうに高し
愛(いと)しきまでに

満天星の上に散り継ぐ公孫樹の葉秋の終りを
輝かせつつ

電子辞書に鶯を聞き郭公(くわくこう)聞く更くるに早き
冬の夜の卓

水光る　十一月十三日　鳩山図書館文学散歩引率

「姨捨」とふ看板あらむと目を凝らし千曲市を行く右左見て

「姨捨」の文字に心を躍らせて長楽寺の坂車に進む

幾度を来し長楽寺おもかげの碑（いしぶみ）はあり苔やむして

白雄の碑宗祇守武の碑を案内（あない）してゆく長楽寺の秋

畔堀に水光りをり姨捨の取り入れ済みたる棚田広ごる

側溝は階段なして水流る棚田に秋の水光る見つ

千余枚棚田あるとふ蘖（ひこばえ）の青々として収穫のあと

千曲川に末は合流してゆかん棚田の畔をゆく秋の水

光りつつ蛇行してゆく千曲川今跳ねたるは魚なるべし

野を分けて豊かに流るる千曲川の橋を渡れり光る水面

姨捨はライフワークとなりきたり拾ひし素材は大切にせん

小豆

晩秋の日差しに爆ぜて畑土に小豆の赤の際やかにあり

畑土に際立つ小豆の粒拾ふ指先に晩秋の土はつめたし

朝の日に輝きながら霜とけてもとの枯野にたんぽぽ一花

川原に尾花のほけて光る中鳴き声小さく雀かこもる

母と植ゑし檜山茂れり下草も生れずなりたり土柔らかく

焼却炉に付帯施設もできるとふ喜寿なる老い
はわくわくと待つ

雨にぬれ葉の露にぬれ柚子を採る友らに風呂
に入れてもらはむ

パソコンが起動せず頭寄せ合ふに二時間余り
試せどもだめ

四百の会員宛名作らむに起動せぬパソコン焦りはつのる

業者きてたちまちパソコン起動せりフロッピーを抜き忘れゐき

以上五五五首

あとがき

この歌集は、『留守居松』（平成二十六年六月十六日刊）につぐ第十六歌集です。中の一冊は選集ですので十五番目の歌集となります。その他にエッセー集『秋山草』歌書『文学の中の姨捨』があります。平成二十三年と平成二十四年の二年間の作品を五五五首収録しました。主に「花實」に発表したもの、十月会、総合紙誌に載せて頂いたものと未発表も多く含まれています。

この集も海外旅行の歌が多くなってしまいました。平成二十三年にクロアチア、スロベニアに八日間。平成二十四年に南イタリア、シチリア島、マルタ島に十日間行きました。私にとって旅行の歌は印象鮮明で、新しい体験ばかりなので、なかなか絞り込めません。そのまま載せることにしました。また平成二十三年三月十一日には途轍も無い大地震に遭遇しました。平成二十四年には被災地石巻を訪ねました。大きなショックを受けました。そんな訳で素材が多くなりました。でも言い足りなくて、もどかしくてなりません。

平明な歌を心がけています。そこに濃くのある歌、ポイントになる言葉、表現の冴えなど考えています。

集名は「初雁」にしても「歌」にしてもロマンチックで夢があるのですが、実際には『伊勢物語』の中に出てくる「初雁の歌」なのです。『伊勢物語』第一〇段に〈みよし野のたのむの雁もひたぶるに君がかたにぞよると鳴くなる〉〈わがかたによると鳴くなるみよし野のたのむの雁をいつか忘れむ〉とあります。埼玉県坂戸市の市立三芳野小学校の正門の横にこの二首を刻んだ歌碑があり、文学散歩の引率でここを訪ねました。また川越市に三芳野神社、初雁球場など固有名詞として残っています。その時の歌は

桜の枝伐り下ろされて初雁の歌碑の上空青空すかす

桜の枝長長のぶる下にして初雁の歌二つきざまる

から付けました。

昭和三十年、大学時代の短歌研究会に入会し、神作光一先生の紹介にて「花實」短歌会に入り、平野宣紀、市村宏先生に師事してきました。思えば、ずいぶん長くなりました。現在八十歳になりましたので、記念に一集をまとめようと思いたちました。

最後になりましたが、大学の先輩、神作光一、高久茂、稲村恒次の諸氏、「花實」「十月会」「埼玉県歌人会」また私を支えて下さる「花實」鳩山支部の皆さんに、出版にあたりお世話下さいました現代短歌社社長道具武志氏、今泉洋子さんに深く感謝申し上げます。

平成二十八年二月吉日

利根川　発

著者略歴

昭和10年10月28日生れ
昭和30年７月　「花實」入会
昭和33年３月　東洋大学文学部国文学科卒業
平成８年３月　38年間の教員生活退職
平成８年４月　埼玉県歌人会理事　平成26年退任
平成24年１月　花實編集発行人　平成26年花實発行人
著書　歌集『土の音』『礫場』『雪魄』『休戚』『寂焉集』『利根川発歌集』『続寂焉集』『雪君』『雪骨』『六花』『丘を吹く風』『春茱萸』『御衣黄』『草苧麻』『留守居松』エッセイ集『秋山草』歌書『文学の中の姨捨』
所属　「花實」「日本歌人クラブ」「十月会」「柴舟会」「埼玉県歌人会」「現代歌人協会」

歌集 初雁の歌　　花實叢書第154篇

平成28年４月21日　発行

著　者　利根川　発（とねがわ　のぶ）
〒350-0303 埼玉県比企郡鳩山町熊井839
電話・ファックス 049-296-3524

発行人　道具武志
印　刷　㈱キャップス
発行所　**現代短歌社**

〒113-0033 東京都文京区本郷1-35-26
振替口座　00160-5-290969
電　話　03（5804）7100

定価2500円（本体2315円＋税）
ISBN978-4-86534-155-3 C0092 ¥2315E